Erstausgabe Ellermann München, 1991

Text: Ursel Scheffler
Illustrationen: Jutta Timm
Satz: Yvonne Schmitz
Cover: Beate Lennartz

Gesamtherstellung: Ullmann Medien GmbH,
Rolandsecker Weg 30, 53619 Rheinbreitbach

10 9 8 7 6 5 4 3 2 1

ISBN 978-3-7415-2536-0

www.ullmannmedien.com

MIX
Papier aus verantwortungsvollen Quellen
FSC® C129466

Ursel Scheffler

Ach, du dicker Weihnachtsmann

Illustriert von Jutta Timm

ULLMANN

„So, das wäre geschafft!“, seufzte der Weihnachtsmann. Er schob seinen Schlitten in den Holzschuppen hinter dem Haus und warf den leeren Jutesack in die Ecke. Dann klopfte er sich den Schnee von Stiefeln und Mantel und ging ins Haus. Er begrüßte seinen Hund und zündete das Kaminfeuer an. Dann kochte er sich Tee und nahm ein Fichtennadel-Fußbad. Seine Stiefel hatten zum Schluss mächtig gedrückt. Er war aber auch geflitzt, um überall die Päckchen rechtzeitig unter den Weihnachtsbaum zu legen. Jetzt konnte er sich endlich ausruhen. Ferien bis zum nächsten Jahr! Hurra.

Als der Weihnachtsmann endlich im Bett lag, war er sehr zufrieden mit sich.
„Ach ja", seufzte er, als er die Nase ins Kopfkissen drückte. „Ich habe zwar einen anstrengenden, aber auch einen wunderschönen Beruf, ich kann Menschen glücklich machen." Dann zog er sich die Bettdecke bis über beide Ohren und schlief in der nächsten Sekunde ein.

Acht Tage lang schlief er wie ein Murmeltier. Dann weckte ihn die Morgensonne, die durchs Fenster schien.
Er schaltete das Radio ein. Zuerst kam Musik und dann die Wettervorhersage für Dienstag, den zweiten Januar ...
„Was? Schon Januar?", rief der Weihnachtsmann erschrocken und hüpfte aus den Federn. Sein Magen knurrte. Mhm, wie er sich auf sein Frühstück freute! Mit Schinken, Eiern und allem, was dazu gehörte. Jupheidi!
Aber erst musste er einkaufen gehen.

Als er aus der Haustür trat, sah er kein bisschen mehr nach Weihnachtsmann aus. Weihnachtsmann ist ein ganz geheimer Beruf. Daher wusste keiner, wer er wirklich war, als er durch die Straßen ging.

Im Supermarkt kaufte er Kaffee, Eier, Butter, Käse, Schinken, Milch und Honig. Dann noch Hundekekse und die Tageszeitung. Die besten Brötchen gab´s beim Bäcker.

„Ich hab´ Sie lange nicht gesehen. Waren Sie im Schiurlaub?", fragte die Bäckersfrau neugierig.
„Skiurlaub? Ja, ach so", sagte der Weihnachtsmann zerstreut. „Nein, eher Schlittenurlaub!"
„Das sieht man. Sie sehen so ausgeruht aus", sagte die Bäckersfrau. „Guten Appetit und ein frohes neues Jahr!"

Frisch
½ Preis

Mhm, wie freu ich mich auf mein Frühstück! dachte der Weihnachtsmann, als er den Tisch deckte.
Er fütterte seinen Hund. Dann frühstückte er fast zwei Stunden lang ganz gemütlich. Er aß sieben Brötchen und trank fünf Tassen Milchkaffee.
„So und jetzt wollen wir mal sehen, was in der Welt so los ist", murmelte er und griff nach der Zeitung. Als er die fettgedruckte Überschrift las, erschrak er. Er putzte hastig seine Brille, damit er auch das Kleingedruckte lesen konnte.

Weg mit dem Weihnachtsmann!
Der Weihnachtsmann entspricht nicht mehr den Anforderungen der heutigen Zeit. Dieser bärtige, fette alte Mann, der Kindern ungesunde Süßigkeiten und nutzlosen Spielkram bringt, gehört abgeschafft!
Auch den großen Leuten bringt er unpassende Geschenke. Kein Wunder, dass alle nach den Feiertagen die Läden stürmen und alles wieder umtauschen. Der alte Mann sollte mehr mit der Zeit gehen. Moderne Menschen sollten gesunde und nützliche Geschenke bekommen. Joggingschuhe statt Weihnachtsplätzchen! Müslikekse statt Marzipan! Ohrenschützer statt Kopfhörer.

Der Bart muss ab, Herr Weihnachtsmann!

Schlagartig war es mit der guten Laune vorbei! Da hatte er nun das ganze Jahr über geschuftet und das war der Dank dafür! Wütend stand er auf, zog seinen Bauch ein und ging mit entschlossenen Schritten zum Spiegel.

Das erste Mal seit langer Zeit betrachtete er kritisch sein Spiegelbild. Dafür hatte er einfach nie Zeit gehabt.
„Ach du dickes Ei!“ rief er erschrocken. „Die haben ja gar nicht so unrecht! Ich bin zu fett! Und der Bart ist zerzaust und ungepflegt. Bestimmt seh ich ohne Bart wirklich besser aus?“

Er lief ins Bad. Ritsch, ratsch schnitt er den Bart ab und rasierte sich.
„Tatsächlich! Ich sehe zehn Jahre jünger aus!“ murmelte er überrascht.
„Ab sofort werd´ ich ein moderner, gesunder und praktischer Weihnachtsmann!“

Der Bart war jetzt ab. Aber wie wurde er seinen Bauch los? Der Hosenbund spannte. Schließlich hatte er sieben Brötchen, drei Spiegeleier, Schinken, Käse und eine ganze Kanne Milchkaffee verdrückt. Jetzt erinnerte er sich, dass er an Weihnachten mit seinem Bauch zweimal im Kamin steckengeblieben war und Angst gehabt hatte, er würde ersticken.

„Wenn ich nur eins der vielen Diätbücher behalten hätte, die ich zu Weihnachten verschenkt hab!", seufzte er. „Keine Ausrede, Junge. Bücher gibt´s in der Buchhandlung und in der Bücherei!"

Er radelte in die Stadt. In den Straßen herrschte fast das gleiche Gedrängel und Geschiebe wie in der Vorweihnachtszeit!
Was wollten die vielen Leute bloß?
Waren sie alle gekommen, um ihre Weihnachtsgeschenke umzutauschen?
Hatte er wirklich allen das Falsche gebracht?
Er lehnte sein Rad beim Bäcker an die Hauswand und ging in die Bücherei am Marktplatz.

Die Bibliothekarin war sehr hilfsbereit. Sie zeigte ihm, wo die Bücher über Diät und Gesundheit standen. Sie suchte ihm auch Ratgeber über modernes und praktisches Schenken heraus.
Mit einem Arm voller Bücher verließ der Weihnachtsmann schließlich die Bücherei. Er verstaute alles in seinem Fahrradkorb und radelte gut gelaunt nach Hause. Jetzt wusste er ja genau, was er wollte: Er wollte der beste, der gesündeste, der praktischste, der modernste und beliebteste Weihnachtsmann der Welt werden!

Der Weihnachtsmann las tagelang in den klugen Büchen. Dabei sträubten sich seine Haare: Er hatte wirklich alles falsch gemacht! Er hatte den Kindern geschenkt, was sie sich wünschten, und nicht das, was nach der Meinung von klugen und gelehrten Leuten gesund und nützlich für sie war. Er hatte mit dem Herzen geschenkt und nicht mit dem Verstand! Fast war er entschlossen, seinen roten Mantel für immer an den Nagel zu hängen. Doch dann beschloss er das, was er gelernt hatte, in die Tat umsetzen. Und er wollte bei sich selbst damit anfangen!

Sport und Diät standen ab sofort auf dem Trainings-Programm! Morgens, ehe er sein Müsli aß, joggte er eine halbe Stunde durch den Wald. An jeder Wegkreuzung machte er siebzehn Kniebeugen und zwölf Rumpfbeugen. Dann holte er tief Luft und lief weiter.

Jeden Dienstag und Donnerstag trainierte er im Fitness-Center. Wenn er die schrecklichen Trimmgeräte sah, musste er sich jedes mal Mut machen. Aber er gab nicht auf. Zu Hause macht er Yoga-Übungen und boxte an seinem Punchingball.
Bald war der Erfolg zu sehen und zu spüren: Die Cordhose begann zu schlackern und wenn er den Berg zu seinem Haus hinauflief, musste er nicht mehr nach Luft schnappen, wie früher.

WSV

Im Sommer gab es viel Arbeit im Garten. Er erntete sein eigenes Obst und Gemüse. Er mixte Müsli, machte sein eigenes Jogurt. Er lebte total gesund. Alles biologisch und ökologisch korrekt.
Auch die Kinder sollten in diesem Jahr nur ganz gesunde und nützliche Geschenke bekommen.

Ohrenschützer statt Kopfhörer! Malzeug und Flöten statt Computerspiele. Warme Handschuhe, lange Unterhosen, Haferflockenkekse und ein Springseil für die Fitness.
Alles einfach – einfach gut!
Als es kälter wurde, verbrachte der Weihnachtsmann den größten Teil seiner Zeit in der Werkstatt. Er bastelte, sägte, hämmerte, malte und strickte.

MÜLLER

Wunschzettel? Die las er diesmal gar nicht erst. Er wusste ja jetzt viel besser als die Kinder, was gut für sie war! Das hatte er ja in den schlauen Büchern gelesen. Und weil er viel über den Umgang mit Rohstoffen gelernt hatte, druckte er seine Weihnachtskarten auf Recycling-Papier. Weihnachten rückte näher und näher. Es gab noch viel zu tun!

Als Anfang Dezember im Park-Hotel die jährliche Pressekonferenz mit Journalisten aus aller Welt stattfinden sollte, holte der Weihnachtsmann seinen roten Mantel aus der Reinigung. Er musste ihn zweimal um den Bauch wickeln, und mit einem Wäscheseil zusammenbinden, weil er so um seine schmalen Hüften schlackerte. Ehe er ging, warf er einen Blick in den Spiegel.
Er strich über sein glattrasiertes Kinn und brummte zufrieden: „Gut siehste aus, alter Junge! Sportlich, dynamisch, gesund!"
Dann radelte er in die Stadt.
Im lockeren Laufschritt joggte er die breite Hoteltreppe hinauf. Die Journalisten erwarteten ihn schon. Entsetzt starrten sie ihn an und riefen: „Was? Das soll der Weihnachtsmann sein? – Könnten wir mal Ihren Ausweis sehen? – Das gibt's ja nicht! – Die ganze Gemütlichkeit ist weg! – Das können wir unseren Lesern nicht verkaufen! – Einen Weihnachtsmann ohne Bart und Bauch? Das glaubt uns doch keiner!"

Der Weihnachtsmann war sprachlos. Er sah doch jetzt viel besser aus als im letzten Jahr und er fühlte sich jünger und gesünder! Das waren doch dieselben Reporter, die ihn vorher kritisiert hatten, als er dick und bärtig war!
„Allen Leuten recht getan, das kann nicht mal der Weihnachtsmann!", murmelte er verwirrt.

Man brachte ihm einen Wattebart und jede Menge Sofakissen für einen Bauch. Dazu noch Nüsse, die er sich in die Backen stecken sollte, damit sie dick und rund aussahen wie früher. Endlich gaben sich die Fotografen zufrieden und machten das gewohnte Foto für die Titelseite der Zeitschriften.
Dann begann das Interview.

Der Weihnachtsmann erzählte, was er über gesundes und vernünftiges Schenken gelernt und worüber er im vergangenen Jahr nachgedacht hatte. Aber das wollten die Reporter gar nicht wissen. Sie wollten Sensationen. Das teuerste, das schönste, das größte, das witzigste Geschenk sollte er verraten.
Aber der Weihnachtsmann lachte nur und sagte:
„Das ist mein Geheimnis. Wenn es vorher in der Zeitung steht, ist es ja keine Überraschung mehr!"
„Aber hören Sie, worüber sollen wir dann schreiben?", rief eine junge Reporterin empört.
„Schreiben Sie, dass ich nur noch zu Kindern komme, die an mich glauben. Und dass mein Bart nicht echt ist!", rief der Weihnachtsmann. „Und dass man nur dann richtig schenkt, wenn man mit dem Herzen schenkt!"
Dann entwischte er durch die große Glastür. Er hatte es eilig.

Als der Weihnachtsmann in der Dämmerung den vertrauten Waldweg entlangfuhr und er in der Ferne die kleine Dorfkirche erblickte, begann es zu schneien. Ganz still war es auf einmal. Und der Weihnachtsmann dachte: „War das ein verrückter Tag! War das ein verrücktes Jahr!“
Er hatte viel gelernt über sich und die Welt. Und vor allem wusste er jetzt, was das Schönste an seinem Beruf war: die Freude am Schenken. Und die wollte er sich von allen Besserwissern der Welt nicht verderben lassen. Also rein ins Haus und rasch an die Arbeit.

Am 24. Dezember packte der Weihnachtsmann seinen Schlitten, wie jedes Jahr. Obendrauf legte er ein besonders schönes Paket in rotem Papier mit goldener Schleife. Was drin ist? Das wird nicht verraten. Vielleicht ist es ja für dich!